희망 하나

장경희 시집

새미

이 도서의 국립중앙도서관 출판시도서목록(CIP)은 서지정보
유통지원시스템 홈페이지(http://seoji.nl.go.kr)와 국가자료공동
목록시스템(http://www.nl.go.kr/kolisnet)에서 이용하실 수 있습
니다. (CIP제어번호: CIP2013003403)

후회
누군들 없으리오
배회하는 물음만
갈 곳 몰라 헤매이는 날
후회하지 않으리라
다짐해도 끝내
지워지지 않는 안타까움
허전한 가슴에
속절없는 바람만 오가고……

뒤를 돌아보다 군데군데 뚫려있는 구멍을 메꿔 가
고 싶었다.
설혹 그것이 발길을 잡는다 해도……

따스한 햇살 앞엔 누구도 저항할 수 없는 은근함이 있듯이 그렇게 안아주고 싶었다. 내 자신을, 너를 그리고 모두를……

그동안 동반자가 되어준 사랑하는 사람들에게 감사를 드린다.

2013년 4월에 계룡에서
정원 장경희

목차

제1부 바람개비

새날을 맞으며 · 13

새해, 너 때문에 · 14

3월 · 15

사월 · 16

다섯 번째 저녁에 · 17

5월에 · 18

오월의 숲 · 19

철쭉 앞에서 · 20

야생화 화원에서 · 21

부엽토 · 22

영산홍 · 23

봄비 그리고 영산홍 · 24

봄 날 의 단 상 · 25

복 수 초 1 · 27

복 수 초 2 · 28

바 람 개 비 1 · 29

바 람 개 비 2 · 30

바 람 개 비 3 · 31

바 람 개 비 4 · 32

낙 안 읍 성 · 33

제2부 내 안 의 언 어

해 탈 의 문 을 찾 아 서 · 37

매 미 · 39

순 천 만 · 40

인 생 1 · 42

비 움 · 43

외 도 · 44

노 래 는 · 45

내 안 의 언 어 · 46

바 다 가 좋 다 · 48

캔 콜 라 · 50

그 대 옆 에 · 51

정 상 에 오 르 니 · 52

병 이 들 었 다 는 건 · 53

슬 픔 · 54

너 에 게 말 한 다 · 55

복 종 과 반 기 · 56

어 느 날 · 57

바 람 이 라 부 르 는 그 대 · 58

7월 엔 · 59

제3부 꽃잎 지던 날

은행나무길 · 63

C 선생님 · 64

가을 · 65

가을이 오는 길목 · 66

가을은 나에게 옷을 입으라 한다 · 67

꽃잎 지던 날 · 69

국화의 독백 · 70

잠깐의 이별 · 72

가을비 · 73

가을 편지 · 74

가을 스케치 · 76

인생 2 · 77

밤을 주우며 · 79

무제 · 81

좋아도 너무 좋은 · 82

실 수 · 83

골 프 장 에 서 · 84

바 다 에 서 · 85

울 음 소 리 · 86

제4부 그리움으로 넘는 길

누 군 가 그 리 운 날 이 면 · 89

안 경 을 고 르 며 · 91

커 피 향 이 그 리 운 날 · 93

푸 르 른 날 을 위 하 여 · 94

그 리 움 으 로 넘 는 길 · 96

깨 달 음 · 97

흔 적 · 98

희 망 하 나 · 99

11월 어 느 날 · 100

몸 살 · 102

가 슴 에 그 린 얼 굴 · 103

겨 울 여 행 · 105

갠 지 즈 강 물 은 · 107

다 산 초 당 가 는 길 · 109

소 래 포 구 · 111

믿 음 · 113

겨 울 끝 자 락 · 114

아 듀! 2012 · 115

잃 어 버 린 시 간 을 찾 아 서 · 116

해설

희 망 변 증 법

장 경 희 제2시 집 ≪ 희 망 하 나 ≫ · 119

제1부
바람개비

새 날 을 맞 으 며

붉은빛
의식이 시작된다
인파들의 가슴 가슴에
희망으로 채워질
동녘

새날을 향해
푸른 날개를 퍼덕이며
바라보는 두 눈에
차오르는 온기들
저마다의 사랑을 붙잡고
환한 등을 켜는데
나 또한
그들 틈에 끼어
한 그루 나무를 심는다

새 해, 너 때문에

산등성이를 넘어
힘차게 발돋움하는
푸른 꿈을 꾼다
훠얼 훨 날아가는

당찬 얼굴로
벽을 넘어 손을 내미는

너 때문에
위를 쳐다볼 수도
여명의 소망을
그릴 수도 있었을 게다

잎이 없어도 피어나는
눈꽃처럼
아름다운 세상
만들어갈 수 있을 게다

3월

요란스럽다 땅 속
무대에 나서기 전
치장하는 소리
고개 내미는 소리

희망이 있을 것이라고
따뜻함이
포근함이
반겨줄 것이라고 믿는 믿음으로
힘을 다해 얼굴을 내민다

새로운 세상
때로는 찬바람이 눈보라가
시샘한다 해도
따뜻한 햇살이 반겨주고
새들이 노래하는 살만한 세상
봄, 봄이다

사 월

한사코
사랑만 하자 한다
따스한 품
마냥 좋아라 해죽이는데

짓궂은 구름
눈치 없이 다가오고
심상찮은 바람
얼굴을 스치는데

눈 감을 수도
눈 뜰 수도 없는
유혹

붙잡아 줄 누구 없소?

다섯 번째 저녁에

보았네 나는

지지 않는 태양과
떠오르는 둥근달과
가로등 불빛
그 환희를

스승의 얼굴과
부모 얼굴 사이로
걸어가야 할 길 있어
외롭지도
지치지도 않았네

시작의 설레임
도도하게 뻗어가는
부신 충만, 하여
시들지 않은 꽃이 되려네
눈부신 햇살 되려네

5월에

한시름 앓고 보니
봄은 저만치 가버리고
성큼 들어선 여름

가는 세월만큼이나
빨리 와버린 5월

초록 나날이 더해가고
햇살 여전히 달려오는데

움츠렸던 소맷자락을 풀고
맑은 개울물에 손을 담가본다

사과 같은 바람이
상큼하게 스쳐 지나간다

마냥 아쉬운 봄
붙잡아 버리고 싶은 5월이다

오월의 숲

모든 것을 쏟아낸다
어미처럼
날마다 몸내를 뿜어
새 생명의 탄생을 알린다

그리움이 서로 다른 표정으로
곱게 단장하고

진한 삶의 냄새들이
목덜미까지 차오르면

끝없는 긴 이야기
숲은 잠 들 줄 모른다

철쭉 앞 에 서

그토록 가슴 저리게 하던
진홍의 입술
밤새 내린 비로
만신창이 되어있다

애처로움
목줄기를 타고 흐르는데

그 앞에 서서
눈물 한 방울 뚜욱
젖은 가슴 달래보면

맑은 햇살
살랑거리는 바람
또 다른 희망이 피어난다

야 생 화 화 원 에 서

있어야 할 자리에 있는 걸까

가두어 놓고 꾸며 놓고
바람으로 햇볕으로

저마다 로보트 얼굴
만들어지는 세상

야생화 원조 유기농
구별하기도 어려운

못난 모습이라도
있는 그대로가
생긴 그대로가
가장 좋은 것이라고
말할 수 있는 사람

그대 진정 원조인 것을

부엽토

한때는
푸른 꿈을 꾸었으리

당찬 목소리로
한여름 태양처럼
거칠 것 없이
뻗어 나갔으리

아픔 삭히기 전
달 기울고
세월의 갈증너머
시간 멈추어 섰으리

다시금
돌아가기 위해
온 몸 무너뜨리는
경이로운 자태를 숨겼으리

영산홍

붉어도 그리 붉어
마음 빼앗겼을까

이뻐도 그리 이뻐야
파묻혀도 좋을 듯 싶을까

마지막 남은 자존심마저
무릎 꿇게 하는

아 변명으로 남은
햇살의 물음

봄비 그리고 영산홍

창문 쪼르르
봄이 흐르면
겨울 다 가는 듯
흔적까지
쓸고 가는데

그대
앉은 자리
보드란 숨결
살프레한 미소
살짝 다물고 있는
붉음

봄날의 단상

샛노란 가방을 멘
조그만 아이
풀밭에 앉아
앙증맞은 손을 펴
아기 닮은 꽃을 어른다

하나 두울 헤이다
들여다보곤 방그레

지켜보던 목련 꽃잎 하나
살포시 내려앉으니
쳐다보던 아이
신발 벗어 꽃잎 위에
자기 발 얹어보는데
꽃잎보다 더 커버린
발가락 보고 활짝 웃는다

목련 꽃들
따라
함박인다

복수초 1

새 봄을 알리는
여명의 종소리

그 춥고 어두웠던
시간들
차마 놓을 수 없어
끌어안았으리

사랑의 몸부림
희망의 꿈으로
그렇게
환하게 웃었으리

봄은
노란 얼굴로
이렇게 시작된다고

복수초 2

어찌
너의 고통
흉내 낼 수 있으리

어찌
너의 순수
닮아 갈 수 있으리

아무도 할 수 없는 일
누구도 생각지 못한 그 일

눈 속에서 솟아나는
노오란 소망

바람개비 1

1
멀뚱히 서있네
가슴이 꽉 막혀
옴짝 못해 서있네

불어주련 바람아
허허한 벌판 위에
식어버린 가슴 위에

2
흩어진 바람을
바구니에 담아보네
떨어진 꽃잎도
조심스레 모아보네

목마른 투정 속에
바람개비 돌아가네
돌아가네 바람개비

바람개비 2

서성 서성이는
바람에
울듯 말듯
웃듯 말듯

눈치를 살피며
아픔
속으로
속으로

말없는 손짓 하나에도
울렁이는 가슴
움켜잡고 있다

바람개비 3

너만 있으면 되는 걸

지칠 줄 모르고 돈다

가슴에 맺힌 못 하나쯤은
어차피 보이지 않는 걸

돌고 또 돌고

사랑에 취해버린
무아지경
바람개비

바람개비 4

– 연말연시

흐르고 또 흘러도 남는 허무가
빗물처럼 흘러내리는 날
손 흔들고
맞이해야 하는 섣달 그믐날
오가며 흔들리는 일이 다반사지만
길을 묻는 사람들의 가슴만큼이나
아픈 사연들을 끌어안고
뒷모습을 보는 것도 아득한데
남아있는 날을 다시 셈하는 것은
분명 남풍이 불기를 원하기 때문이다
바람개비는 돌아야 하기 때문이다

낙안 읍 성

그 곳에 가면
엄마가 부르는 소리 들린다
초가지붕에
울타리 위에
하얀 꿈들이 내려앉으면
흙 마당 아이들 소리 발길을 잡고
이끼 낀 돌담 사이로
봄이 흐르면
바람마저 포근히
잠이 드는 곳
모과나무 연분홍
웃음 띠우고
큰 대장 목석
우직하게 서있는
그곳에 가면
어릴 적 풍경들이 널려 있다

제 2 부
내 안의 언어

해탈의 문을 찾아서

가면 갈수록 더
펼쳐지는 세상

한쪽을 채우고 돌아서면 이내
비워져 있는

어디만큼 가야 다다를 수 있을까
외면해도 늘 따라오는 바람은
등을 미는데

한 걸음
한 걸음씩
만나는 것들과 더불어
흔들리다가
사랑하다가

가끔은
드리우는 그늘에 잠시 쉬었다 가는
끝이 없는 길

다가갈수록 더 멀어지는
머무를 수 없어
또 가야하는
길

매미

여름이 운다
행여 들킬까
숨어서 운다

가야 한다고 운다
간다고 운다

꿈같은 세월
어느새 기운
달빛처럼 운다

아직 들판은
푸르기만 한데
여름
지친 몰골로
가없는 길
따라가며 운다

순 천 만

길을 묻는다

산과 바다
갯벌 그리고 삶의 자락
소리, 소리들

곡선의 여유로움은
손을 흔들어
계절을 알리고
오늘은
바라봄의 미학이 문을 열어
마음을 부르는데

바람, 길을 잘못 들었는지
휑하니 빠져 나가고
여전히 날아드는 철새들
긴 여정의

아름다운 길목되어
행복으로 가는
설레임이 머무네

인생 1

흙
흙으로 빚었다
울었다
웃었다
멀뚱거렸다

집을 지었다
아무 때나
몸을 부릴 수 있는
날 수 있는

집을 벗어버리고 서야
무지개가 있다는 걸 알았다

비움

하나씩 내려놓는다
푸른 잎들
무성한 생각들을

빈 몸이 된 산의 고요
늘 같은 곳
그 자리에 서 있지만
항상 다른 느낌을 갖는다

가을을 지켜온 산새들의 울음소리가
주저앉은 마음을 풀썩인다

이런저런 기억들을 접어
계곡물에 씻어 내린다

비운다는 것은
다 갖는 것인가 보다

외 도

한 번도
해보지 않았던
한 번도 못해본
그 일을
한번쯤은 해보고 싶다

꿈틀거리는 욕정을 품고

베란다 방충망에 매달려
애원하는 매미

노 래 는

티끌 같은 세상사
오선지에 그려 넣고
별빛으로 빛나게 한다 노래는
인생 때로는 삶을
꿈틀거리며 깨어나게도 하고
절망을 뚫고 꿈꾸게도 한다
구름 흘러가듯
잊어버리고 싶은 기억들
눈물에 실어 보내기도 하고
젖은 걸음마다
은빛 방울로 수놓기도 한다 노래는
노을빛 그리움
가슴에 그려놓고
눈동자엔 별 하나
보석처럼 빛나게 한다

내 안 의 언 어

손가락을 베었다
피가 흘렀다 그러나
아프지 않았다

마음이 아파서
피가 흐르도록 아파서
손가락쯤이야
아무렇지도 않았다

매서운 바람 불어와
그해 겨울
더욱 추웠다

무릎을 꿇을 수 없어
머리를 숙일 수 없어

표피를 뚫을 수 없는
안으로만 숨어드는 상처
끌어안을 수밖에
진주를 만들 수밖에

바다가 좋다

금빛바다
은빛바다가 있어 좋다
오밀조밀 섬들이 있어 더욱 좋다

좋은 것만 있음 무에 그리 좋으랴

시시때때로 색깔을 바꾸는 물빛
흐름을 알 수 없는 깊음
인간의 노력으론
어찌할 수 없는 거대함 그리고

말없는 눈부심으로
진정 말하고 있는 그 눈빛

쉽사리 걸음을 뗄 수 없게 하는
바다
네가 좋다 무작정 좋다

어쩌면 알 수 없는 흔들림이 있어 좋다
그것이 살맛나는 이유

캔콜라

벌컥벌컥
차가운 그놈
아뿔싸
그놈이 나를 들이켰다
가느다란 식도를
사정없이 훑고도 모자라
온몸
오그라들게 하고
한숨
토해내기도 하다가
쥐락펴락, 찌릿함
모르겠다
내가 그놈을 잡았는지
먹혔는지

그대 옆에

좋아 한다고
사랑 한다고 말하지 않아도
그대 옆에 있다는 것만으로도 그저
행복했던

질풍과 노도의 강은
누구나 건너야 하는 숙명
조각난 언어들을 맞추어가며
그대 옆에 있다는 것만으로
진정 향기로웠던

아름다운 꿈의 파편들을
가슴에 새기고
낯붉히는 소녀인양
그대 옆에 있다는 것만으로도
마냥 감사하는, 나

그대 옆에 있음이어라

정 상 에 오 르 니

경치
절벽
바람마저 풍경이 되고

뿌리를 땅에 내리우고
두 팔 하늘 높이 드는
무리들

더할 필요도 없고
뺄 필요도 없는
완벽한 조화로움

바위 – 네가 있어
물 – 너라서 더욱

다람쥐 쳇바퀴 도는
청량한 메아리
가을 부른다

병이 들었다는 건

고요하던 호수에
풍뎅이 한 마리 날아들어
휘청거릴 때마다
퍼지는 파문들

하찮은 일들이 부풀어
애당초 없던 얼굴로 다가와
온 몸을 휘 감는다

대처할 수 없어
우울해 질 수 밖에 없는
또 다른 시름

병이 들었다는 건
내가 어찌해야 하는지
알 수 없다는 것
궁색한 물음표만 웅크리고 있다는 것

슬 픔

운다
운다 밤새도록
애달픈 가슴으로 부르짖는
저 파도의 가슴

오라
오라 가지 말고
애끓는 소리로 울부짖는
어머니의 회한은
표정을 잃은 채
날아오르는데

어찌하면 좋으련
노래는 다 불러 가고
진정 불러야할 내 이름은
허공을 방황하고 있는데

너에게 말한다

고맙다고
사랑한다고
말한다, 너에게

씩씩하게 걷고 있는
발에게
무엇이나 만질 수 있는
손에게
한 번도 한적 없는 말

건강하게 잘 지내주어
참으로 잘 견뎌주어 그리고
늘 미소를 잊지 않아
더더욱

헬스장 거울 안쪽
아직도 싱그런
그녀에게 말한다

복종과 반기

함께한 시간이 많을수록
더욱 깊어만 가는 갈등
원인을 알 수 없는 물음

미로의 장벽처럼 다가와
더욱 옥죄이는 두려움
터질듯이 끓어오르는 변명

막다른 길
하늘로 솟을까
땅으로 꺼질까
복종과 반기의 상관관계

어느 날

공허가 싫다
무료함도 싫다

따뜻한 사랑
그윽한 눈길에 사로잡히고 싶다

빈 가슴
가득 채울 수 있다면

솟아오르는 욕망
빗줄기처럼 잘라내야 한다고

차디찬 전율사이로
바람난 오후가 흔들거리고 있다

바람이라 부르는 그대

그대는
숲속에서 나를 부른다 그리곤
은은한 나무 향을 물고 와서
살랑거리며 입맞춤한다

들길을 건너는 그대는
마알간 눈빛으로
사랑을 속삭이며 다가온다

그대의 가슴에서 나는
날마다 꿈을 꾼다 황홀한
어디서든 기쁨을 주는
그대

7월엔

장맛비 멈춘
말미엔
눅눅하던 마음 펼쳐
희망을 널어보자

소낙비로 노래 만들고
천둥소리로 연주하는

구겨지고 얼룩진 마음대신
밝은 햇살로 그리는
풍경화

서투른 몸짓으로라도
흔들리는 깃발 되어
사랑의 이름을 부르자

가슴으로 시를 쓰고
푸른 노래를 부르는
7월엔

제 3 부
꽃잎 지던 날

은행나무 길

밀목재* 넘어
청정지역 가는 길
노오란 옷 입은
맑은 마음엔
아름다운 이야기 있어
올망올망 기쁨 엮어
하늘을 난다

속 깊은 말
낙엽에 새겨 놓고
살아있는 나날들이
순간이라 해도
오늘 하루
소중한 날이라고
지나는 길손들
안부를 묻는다

---

* 동학사 입구에서 신도안 넘어가는 길

C 선 생 님

이태백만큼 술을 드시고
두보만큼 슬픈 울음을 우신다던

언어의 족쇄를 채우지 못해
시나브로 시의 숲을 맴도시던

그리움 혹은 아쉬움 앞에
흔들리는 일조차 아득한
꽃 피는 것만큼이나 어수선한
꽃 지는 일, 늘
혼절스러워 하시던

아직은 내리꽂은 비판만큼이나
간절함 또한 망설임
늘 가슴엔 서성이는 풍경 뿐
눈물보다 깊은 사랑을 캐는 일에
혼신의 힘을 다하시는 C 선생님

가을

사과 한 그루
가슴에 심어놓고
그대를 찾아 나선다

속살을 헤집으며
쓸쓸하고도 달콤한 그대를

그대에게 가는 길은
언제나 밝은 햇살
그리고 달빛 하나

밤낮으로 향기 모아
굵고 단단한 살점으로
입안 가득 고인
그리움으로
그대를 유혹하려
이 밤도 꿈을 꾼다

가을이 오는 길목

언덕에 오르니
풍경이 나를 먹는다

보이는 곳마다 그리움
닿는 곳마다 고향

살랑거리는 코스모스
긴 목으로
가을을 부르고

애잔한 눈 속에
별이 빛나면

풍경은
바람처럼 흘러
다정한 등불을 켠다

가을은 나에게 옷을 입으라 한다

하루가 다르게 변해가는
저마다의 얼굴들
어느 틈에 다 사라지고
종소리 빈 벌판에 울려 퍼지면
가을은 나에게 옷 입으라 한다
따뜻한 사람의 손길로 만든
포근한 마음의 옷
누구라도 사랑한다 말할 수 있는
가을을 닮은 옷
가을은 나에게 옷을 입으라 한다
모두가 행복해지는 옷을

가을은 나에게 옷 입으라 한다
언제라도 벗을 수 있는 옷을 입으라 한다
더 비울 것 없는 겸손의 옷
감추지 않아도 될 선명의 옷
마음조차 무거워지는

혼돈의 옷을 벗고
청명한 가을을 닮은 옷을 입으라 한다
깨끗한 하늘을 닮은 옷을

꽃잎 지던 날

꽃잎
다 떨구면
무엇으로 남을까

착하게
진실하게
인내하며 살았다고

꽃 대궁
지난한 속내
시나브로 알아줄까

국 화 의 독 백

그대 가슴 한 복판에
나만 있어야 한다고
꿈을 꾸며 살았습니다

열정으로만
열정으로만
그대를 섬겼습니다

그 누구에게도 빼앗기지 않으려
간절한 기도 드렸습니다

내 만약 얼굴을 치켜들면
세상은 아름답게 물들 것이고
내가 만약 노래를 부른다면
그대 내게 반해 버리련만

어찌 그대 모든 이의
연인이 되었는가
어찌 그대 내 마음의
연인이 되었는가

잠깐의 이별

달콤한 여유
느긋한 자유다
나른한 게으름이다
그러다
그러다간
텅 빈 그리움이다
보고픔이다

무지개 뒤편
미미한 슬픔이 남아
잠깐
꿈을 꾸었으리라
허전한 설레임에
보랏빛 행복이 스민다

가을비

내린다
비가 내린다
내 마음도 모르고
가을이 내린다

가을이 눕는다
길가에 잔디밭에
아기 손바닥 같은 단풍잎들이
빗방울에 아파도
고운 모습 그대로
쓸쓸함으로

가을을 집으로 들어온다
책상 유리 밑에
잠재워 놓으면
내 가슴에도 가을이 내린다
시가 내린다

가을 편지

....
서성이고 있었다

파란 심장 물들이며
그대 눈 속에 남기고 싶어

산 넘어와 가벼워진 어깨
가까이 와서야
마저 풀어 놓고

서러워하지 마라
노을빛 남겨 놓은 채

달빛 눈망울 속
보지 않아도 보이는
속내

어느 날 문득
보고 싶을 땐
가슴 비워 촛불 하나
밝혀 보라고

가을 스케치

차창 밖으로
황금벌판이
울긋불긋 단풍이
맛깔스런 감들이
벅차게 다가온다

벼를 베어 창고에 들이고
잘 익은 과일들을 맛나게 먹고 —
입안에 가득 침이 고인다

붉은 노을
온 세상 물들면
잠자리 찾아가는 새들 보며
나 또한 돌아갈 곳 있음이
얼마나 좋은지
가슴 뭉클한 저녁
손녀딸 웃음소리가
귀에 쟁쟁하다

인 생 2

바람의 소리를
들었으리

황금 옷 입은
은행들의 추락
아득한 슬픔의 흔적

세 겹의 허물을 벗고서야
마침내
드러내는
내면의 긴 여정

침묵의 가면
그 속에 살아 숨 쉬던
용틀임

무엇이
그들에게 옷을 입혔을까
여전히 해결되지 않은 갈등의
모순

밤을 주우며

툭 떨어지는
밤 한 톨
얼른 줍는다
영글대로 영글어 저절로
모습 내 보이는 열매들
한참을 바라본다
온갖 회한이 꿈으로 박혀있다

여기저기 훑어보니
나뒹구는 밤톨들과 도토리들이
숨바꼭질 하는데

스쳐 지나가는 장면하나–
짊어진 가방 가득찬 도토리들
돌아가는 아주머니들의 뒷모습

주운 열매들을 멀리 던져 버린다
야생 짐승들아
이거 먹고 뒷밭에는 오지 말아라 하고

무제

아름다움 속에서
아름다움을 찾는 일이란
숨 쉬는 것만큼이나 쉬운 일
젖은 삶 속에서 평안을
어둠의 굴레에서 소망을 찾는 일
진정 해 볼만 한 것
먼지의 더께를 쓰고도
꽃 피워내는 일일랑
여린 빗방울만으로는 어림없는 일
인생길
안개 보이거든 눈을 감으라
내 안의 나를 찾는 일 또한 그러하리니

좋아도 너무 좋은

붉게 물들어 있는
부상扶桑*
건져 올리려 할 때

순간 쑤욱
머리를 내민 태양

금빛바다를 열고
달려가는
그 당당함

눈을 뜰 수 없어
다만
두근거리는 가슴에 영원히
지워지지 않는
그림을 그릴 뿐

---

* 옛날 중국에서, 동쪽 바다의 해 뜨는 곳에 있다고 일컬어진 신목, 또는 그것
  이 있다는 곳

실수

가슴을 찌르는 아픔은
언젠가 내가
당신을 향해 찌른
상처

치밀어 오르는 분노는
그대가 나를 향해 내뿜은
원망

실수가 뿌려놓은
상념의 밭에 자란 붉은
슬픔

뿌린 대로 거둔다는 사실을
겸손으로 받을 일이다

골프장에서

흰 포물선을 그리며 날아간다
또 하나의
허물을 만들어내며
녹색의 바다 위를 미끄러져 간다
한낮 뙤약볕
딱 버티고 서있는 오후
스스로를 내려놓으며
스윙을 한다
시원스런 소리 예감이 좋다
조심스럽게 퍼팅을 한다
숨 막히는 조바심이 홀컵으로
빨려 들어가는 순간
땡그렁 소리에
우쭐함이 걸어 나온다

바 다 에 서

적막
밀치고 들어오는
그리움의 무늬

지워지지 않은
발자국, 사랑 아직
아슴푸레 남아 있는데

아득한 시간
젖은 목소리

한낮도 서늘히
바람으로 일어나
휑한 가슴 아리우네

울음소리

- 외손녀 태어나던 날

적막을 뚫고 퍼져 나오는
울음소리
솟구치는 희망
별처럼 반짝인다

긴장의 끈을 풀고
안도의 긴 숨을 마시면 바야흐로
세상이 열리고
하늘이 열리는 마술의 세계

그 희망찬 소리에
기쁨 사랑 넘치는 밝은 세상이
찰나에 스며든다

위대한 탄생
어둠을 밝히는 숭고한 뜻이
힘찬 비상을 한다

제 4 부

그리움으로 넘는 길

누군가 그리운 날이면

- 서산으로 가자

바다로 가자
누군가 그리운 날이면
겨울바람 앞세워
날아가는 철새들처럼

물 빠진 갯벌
갇혀버린 조각배 위에
사랑일랑 가두어놓고
푸른 하늘 시린 물빛처럼
겨울노래 부르러 가자

낙지랑 우럭이랑 굴이랑 조개랑 불러놓고
입 안 가득 바다를 채워
삼존불의 미소 저절로 피어나는
갯비린내 푸근한 그곳
사랑노래 부르러 가자

자리갯돌 위 할머니의 눈물
여숫골에 머리를 숙이자
모든 시름일랑 개심사에 내려놓고
범종각 바라보고 시나 한 수 읊으면서
몽유도원도의 신선이 되어보는
아라메길 아늑한 그곳
행복노래 부르러 가자

안경을 고르며

1.
어둠이 내려앉은
어스름
전등불 밑
동그라미들의 정렬

문득
흐린 몸짓으로 나타난
너의 껍데기

어쩌면 넌
나였는지 몰라
아득한 비밀로 다가온
이음줄

2.
처음 만나던 순간
날개를 얻었고

어그러져 가던 시간
빛나는 아름다움
찾았다

너를 통해 만나는
또 하나의 세상

커피향이 그리운 날

커피 한 잔 앞에 놓고
그윽한 눈동자
바라보고 싶다

넉넉한 마음
부드러운 미소로
큰 귀를 빌려주는
질책도 타박도 아닌
그저 애틋함
젖은 눈으로 위로해주는

누군가의 마음을 부르는
누군가의 사랑을 찾는
그 마음
애잔한 노래 들려주고 싶은
울음인가 보다

푸르른 날을 위하여

아름다움은 버리는 것
이기와 탐욕
눈을 감자 그리고……

열심히 살아온 당신
잠시 눈을 감아보자

휘몰아치는 바람
어두웠던 절망의
몸부림 있어
가느다란 물줄기에도
생명들 있으리니

닫힌 심연의 문 열고
쏟아지는 빛살에
얼굴을 내밀어 보자, 그러다
그러다가 점차 실뿌리까지

푸른 종소리 들린다
눈을 감자 그리고……

그리움으로 넘는 길

길을 찾아 나선다
빈 가지 흔드는
겨울 한 복판

매운 슬픔이
깊어가는 어둠 속에서
새벽을 찾아든다

거친 손가락 사이
봄 그림자라곤
찾아볼 수 없는데

머뭇거리는 마음

명멸하는 이름을 더듬는다

아픔 때로는 고독마저
스치는 사랑 같아서

깨 달 음

미움과 절망
거칠고 모난
상처 입은 영혼들이
어둠의 동굴로부터 새어 나온다

껍질을 벗고
날개를 달고
난다

저무는 해를 바라보며
낙조에 물드는 여로

잠에서 깨어나듯
한 순간
깨달아지는 인생 길

흔 적

- 오 래 된   그 림

하늘 바위 노송
누런 화선지위에서 잠을 잔다

오랜 세월
지나간 혼적들
묵은 냄새가 난다

옹두리에 켜켜이 쌓인
운명의 무늬들
바람마저 숙연한데

창백한 몸짓으로
햇살을 부르는
그리운 사람의 목소리가 들린다

희망 하나

열심히 달려온 고비고비
여전히 부끄러움 밖에 내놓을 것 없지만
아직도 흔들리고 있는 깃발을 향해
부풀어 오르는 희망 하나

기쁨과 슬픔의 조각들이
푸른 이름이 되어
머언 길 밝히는 등불로 빛나면
여전히 들리는 아우성소리

나는 지금 9회말
마지막 타석에 들어선 타자처럼
푸른 하늘을 향해
두 손을 뻗어야 한다

그날을 위해
그날을 기대하며 파이팅

11월 어느 날

바람 따라 찾아온
매창의 묘
그저 잠들어있는 곳인 줄 알았는데
한시대의 사랑 아직
피어나고 있는 줄은 몰랐네

한 줌 흙으로
누릇한 잔디로 가리어진
사랑인 줄 알았는데
그 사랑 지금도
솟아나고 있는 샘물인 줄은

긴긴 세월
거문고소리 처연하게 들리듯
낙상홍 붉은 열매
절절한 사랑으로 남아
반겨주려 일어나는 11월

어느 날
내 그녀를 만났네

몸살

벚꽃 만발하던 날
도둑처럼 들어와
온 집안을 휘젓고 다니다가
이내
질퍼덕 앉아 버렸다

무서워
꼼짝 할 수 없어

약을 한 주먹 주어도
끙끙 인기척을 내보아도
막무가내다

매트의 온도를 높이고
푹신한 이불로
뜨거운 여름을 펼쳐놓고 달래본다

고놈 참 질기기도 하다

가슴에 그린 얼굴

- 어머님을 여읜 y에게

그러하더이다
가신 것 알면서도
마음으로 보내지 못하겠더이다

항상 계시던 그 곳에
부르면 대답할만한 그 곳에
서 계시더이다

그러나 가끔은
보낼 곳 없어 멈춰버린 사랑
공중에 맴돌다가
후회와 아쉬움
그리움으로 머물더이다

해가 바뀌고
아이들이 커가고
봄이 또 오면

저녁노을처럼 고운 모습
가슴에 그려지고

그렇게
또 그렇게 머물다 가더이다

겨울여행

스치는 바람소리
낯선 길 조심스러운데

이겨보겠노라고
느티나무 한 그루 삭풍에도
의젓함으로 일어나고

맑았던 하늘
얼굴 바꾸어
눈바람으로 흥정하면
철없는 아픔 하나쯤
바람결에 내어 주리라

아~
서글픔의 터널 지나오면
저리도
아름다운 세상

먹구름 뚫고 나온
햇살

갠지스 강물은

아버지의 품을 떠나온 물은
초롱한 눈망울
맑고 순수해서 차라리
숭고한 넋

성숙의 시간 지나
멀고 먼 길
묵은 걸음으로 달려와
초록의 소원을 만나고
어머니의 마음으로
어둠내린 영혼을 씻겼으리
그리하여 다시 돌아갔으리
또 다른 시간의 간이역으로

그렇게 물은 흘러갔으리
헤아릴 수 없는 깊음 속으로
살가운 무늬 만들어가며

피안을 향해 흘러갔으리
겸손히

다산초당 가는 길

높푸른 하늘
소나무들의 표정
어머니 품속 같은 젖 내음이 난다
가만히 쳐다보면

뚫린 틈새로
섬광처럼 다가오는 빛의 향연

계곡에서나
좁은 길 어디서나 볼 수 있는
나무뿌리로 연출하는 금강산

사이사이
하늘의 한 귀퉁이
세상을 내다보는 창문이 열리고

풀 향기 가득한 오솔길
붉은 웃음 웃고 있는 동백꽃

내 안과 밖 드나드는
소박한 모습들이
느린 걸음을 걷는다

소래포구

잘 정리된 생선가게들이
붉은 전등을 켜고 손님을 부른다

불빛은 시린 마음을 모아
창백한 체온을 덮이고
죽어도 살아있는 듯
갈길 재촉한다

바람이 쓸고 간
긴 시간의 여백들이
아슴한 그리움이 되고
새우더미가 자취를 감춘 포구엔
흔적 찾기에 바쁜
눈동자들이 서성인다

차가운 바람을 안고
허전한 마음들이

뒷골목 초라한 식당
쓰디쓴 소주 한잔의 추억을 삼킨다

믿음

한사코 남아있는 미련 때문에
또 다시 삼켜야 하는 쓴 뿌리
바닥난 인내 앞에 칭얼거리는
아픔
그림자만 흔들거리는데
밤 깊어도
불을 켜지 못한
어둠 속에서도
아득한 등불로
다가오는
너

겨울 끝자락

긴 강의
가장자리엔
하얀 겨울이 서성인다
무엇을 감추는 듯

흐린 안개 사이
보여줄 듯 숨어있는
너의 정체

아직 깨어나지 못한
어린 봄
흔들고 싶은 여심

난 또
숨바꼭질을 한다

아 듀! 2012

붉은빛이 기운다
어제와 다른
이 거대한 의식 앞에
다만 분주한 날개를 접을 뿐
꽃이 진다고 울음을 우랴*
푸른 물살에 내 사랑을 보내고
다시 채워질 따스함 거기
내 열정을 담으리
잘가라 내 추억들
나 또한 담백한 표정으로
낯선 풍경들을 만나리니
끝내 다 그리지 못한 여백
다시 채우리니

---

* 채수영님의 "오는 향기를 가로막지마라"에서

잃어버린 시간을 찾아서

돌아보니 쓸쓸함 또는 눈물
하얀 서릿발 쓰고 온 빈 들녘
허전함 감추인 채
한 고비 고개를
넘어야 하는 아득함
속살까지 뒤집히는
서성이는 발걸음은
길을 묻는데
철없이 피는
철쭉의 깊이를 깨닫기까지
또 얼마를 걸어가야 하나
길을 찾지 못해
방황하는 뜨락엔
달빛만이 스치어오는데, 결국
쓸쓸한 풍경조차 친구로 삼아
늦은 가을
따스한 햇살로 서있고 싶네

해 설

희망 변증법
장경희 제2시집 ≪희망 하나≫

채수영(시인 · 문학비평가 · 문학박사)

1. 희망의 깃발달기

시는 희망의 깃발을 달거나 혹은 찾아가는 길 찾기에 다름이 아닐 것이다. 다시 말해서 절망과 아픔 그리고 고통의 늪에서 작은 불빛일지라도 독자를 향해 희망의 노래를 선사하고 또 전달하는 임무가 시인의 소명이라면 이를 위해 무거운 책무를 지고 시를 창조하는 사람의 이름일 것이다. 창조創造라는 말은 신에 쓸 수 있는 말이지만 시인의 작품에 창조라는 말을 흔하게 쓰는 이유는 상상의 벌판에서 구원의 불빛을 켜고 또 인도하는 임무에 충실하기 때문일 것이다. 왜냐하면 인간은 누구나 아픔과 시련의 벌판에서 자기를 찾아나서는 구원의 메시지에 목마른 존재이기 때문이다.

하느님(God)의 첫째 날 창조는 빛과 어둠이었고 이어 둘째 날은 물 가운데 궁창穹蒼이 있어 위의 궁창은 하늘이고 아래의 궁창은 땅이 되었고 …여섯째 날까지의 창조를 보시고 공통적으로 같은 의미의 말이 반복 된다 즉 '하느(나)님이 그 지으신 모든 것을 보시니 보시기에 심히 좋았더라'라는 말이다. 그러나 이는 창조주의 시선으로 바라보는 희망사항이고 그 창조의 내용 속에서 살고 있는 인간은 온갖 고통과 아픔 그리고 난감한 아픔과 절망의 들판이나 산을 넘어 삶의 안락을 꿈꾸면서 희망을 찾아 배회한다. 여기서 '심히'라는 부사 매우의 의미를 첨가하는 것은 전적으로 하느님의 주관이 개입된 상징이고 인간의 편으로 보면 모순처럼 불거진 암시가 된다. 다시 말해서 인간의 하루하루의 삶은 살얼음판이고, 심히 혹은 매우와는 다르게 아픔이나 통증을 지불하고 살아야 할 운명적인 존재에 있기 때문이다. '판도라의 상자'에 갇혀 마지막에 나온 이름이 희망이었듯이 고통과 신음을 지불하고 얻어진 메시지는 인간 스스로가 찾아야하는 숙제이자 신이 숨겨둔 마지막 명령일지 모른다는 뜻에 가깝다. 미상불 시는 희망 찾기이고 또 그런 임무에 즐겁게 헌신하는 일이 시인의 소명이라면 그런 시의 기준은 인간 구원의 메시지와 다름이 없을 것이다.

장경희의 시—첫 시집에서도 대對 인간에 대한 희망의 메시지가 여일하지만 둘째 시집에서도 그런 기류를 계속 이끌고 있는 것은 그의 시적 소명이 확고하다는 것을 알게 하는 부분이다.

2. 깃발 휘날리기

현상은 존재의 근원을 추구하는 일이 될 때 질서가 있어야 하고 그 질서를 찾거나 인도하는 것은 곧 그의 맥락과 연결된다. 임마누엘 칸트에 영향을 주었다는 란베르트가 처음 썼다는 현상학(Phänomenologie)은 에드문트 훗설(Husserl)에 와서 비로소 철학으로 문을 열게 된다. 그렇다면 존재의 본질은 자연주의적 관념을 배격하고 오로지 「있는 것」으로의 의식이야 말로 근원적인 것이라는 생각은 한 때 우리나라에도 철학의 풍류를 지휘한 적이 있었다. 물론 존재하는 것은 그 존재를 이끌기 위해 온갖 시련의 과정을 거칠 때 성숙된 삶의 지표를 달성하게 된다. 깃발은 염원의 달성이고 휘날리는 것은 승리로서의 상징을 갖는 상징을 뜻한다면 이런 종착지에 이르기 위해서는 전제로 고통의 강물

을 건너야하고 그 다음에 맞아들이는 기쁨을 소유하는 절
차가 순조롭게 이행된다. 예로 들어 증명의 길을 찾는다.

요란스럽다 땅 속
무대에 나서기 전
치장하는 소리
고개 내미는 소리

희망이 있을 것이라고
따뜻함이
포근함이
반겨줄 것이라고 믿는 믿음으로
힘을 다해 얼굴을 내민다

새로운 세상
때로는 찬바람이 눈보라가
시샘한다 해도
따뜻한
햇살이 반겨주고
새들이 노래하는 살만한 세상
봄, 봄이다

<3월>

‘봄’이라는 상징은 시인이 도달하고자 하는 희망의 최종 메시지이고 궁극의 진리가 내포된 도달점이기 때문에 이 도달점을 위해 신산辛酸한 고통을 지나오면서 이르고자 하는 염원의 정점이 설정 된다. 다시 말해서 봄에는 ‘희망’과 ‘포근함’ ‘새로운 세상’ ‘햇살’ ‘새들이 노래’ ‘살만한 세상’ 등의 수식사가 더하면서 봄이라는 즐겁고 행복한 이름에 포괄된다. 그러나 이런 종점에 이르기 위해서는 ‘눈보라’ ‘찬바람 시샘’의 현상이 있고 또 땅 속에서는 ‘요란’과 ‘치장’ 등의 수런스러움—땅속과 땅위의 조화로 봄을 불러들이는 경치를 만들게 된다. 이런 자연현상에다 인간의 경우를 대입하면 고통 속에서 희망 혹은 행복을 맞아들이는 것과 유사하다는 비유에 머물게 된다.

　보이는 것의 대칭은 안 보이는 것이 된다. 보이는 것과 안 보이는 것의 비율은 3:7정도—7이 어둠이고 3이 빛이라면 인간은 3을 과학으로 보고, 안 보이는 7을 비과학 혹은 증명되지 않는 세계라 무시한다. 그러나 인간의 의식과 무의식의 비율도 이런 계산에서 7의 무의식을 간과하고는 설명이 안 된다. 희망의 변증법은 3의 세계가 아니라 안 보이는 7에 대한 깊이를 발굴하고 꺼내는 일이 시의 소명이자 임무라면 시인은 이 같은 현상을 파악하고 자기 시를 정립하는 일이 필요하다. 장경희는 이런 현상에 충실한 정신 문법이 있다. <3월>을 위시해서 <5월에>, <7월엔>, <가을 편지>, <겨울 여행>, <깨달음>, <내 안의 언어>, <믿음>, <복수초 2> 등은 이런 시문법의 원리에 충실한 작품이다.

스치는 바람소리
낯선 길 조심스러운데

이겨보겠노라고
느티나무 한 그루 삭풍에도
의젓함으로 일어나고

맑았던 하늘
얼굴 바꾸어
눈바람으로 흥정하면
철없는 아픔 하나쯤
바람결에 내어 주리라

아~
서글픔의 터널 지나오면
저리도

아름다운 세상
먹구름 뚫고 나온
햇살

<겨울 여행>

추운 겨울에 여행을 떠나는 것은 추위(고통)와 정면으로
맞서려는 의도에서 즐거움을 찾는 일이리라. 이런 정공법
은 곧 '겨울의 삭풍' '바람소리' 혹은 '낯선 길' 등 이질적인
요소가 장애障碍의 의미로 나타나고 이를 뚫어야하는 것은
'의젓함'이나 '눈바람 흥정'(참으로 신선한 표현이다) '아픔'
혹은 '먹구름' 등을 지나 비로소 맞아들이는 '햇살'의 종착
역에서 겨울 여행은 의미를 획득하게 된다. 보편적인 상식
으로 겨울은 고통의 계절이기 때문에 비극적 인식을 강화
하지만 이를 극복했을 때, 보람과 희망의 깃발은 힘찬 상징
으로 다가든다. 장경희의 시적 표현은 항상 이런 절차를 논
리적으로 풀어나가는 인식이 뚜렷하다.

3. 감각 혹은 Esprit

시는 감각만으로 쓰는 것은 아니다. 감각을 둘러싸고 있

는 요소들이 유기적으로 연결고리를 형성하면서 조화를 이룰 때, 비로소 전체로서의 균형 있는 시적 뉘앙스가 힘을 받게 된다. 감각이란 시인에게 일차적으로 필요한 물목物目이기 때문에 이의 결핍은 결국 남의 생각이나 이미지를 베끼는 낮은 수준에 머물게 된다. 감각 혹은 감수성의 요소는 시인의 기능적 혹은 필요의 절실한 덕목이기 때문에 이를 포장하는 에스프리는 화려한 모양으로 등장하는 요인으로 수용 된다. 감각이 신체라면 에스프리는 의상과 같다는 비유가 성립되는 이유가 시의 화려한 등장을 위한 필수 품목일 것이다.

한 번도
해보지 않았다
한 번도 못해본
그 일을
한번쯤은 해보고 싶다

꿈틀거리는 욕정을 품고

베란다 방충망에 매달려
애원하는 매미

<외도>

짧은 1, 2연까지는 시인의 목소리로 착각된다. '외도'라는 의미는 적어도 정상이 아닌 부정 혹은 나쁜 이미지와 결합되기 때문에 그 한계가 얼마까지인가의 호기심을 발동시키는 표현이다. 다시 말해서 일종의 관음 증상을 깊이로 끌고 가다 이내 '배란다 방충망에 매달려/애원하는 매미'에게 돌릴 때 호기심을 따라가던 독자는 실망하게 되거나 재치에 놀람을 연출하는 지경에 이른다. 이런 에스프리는 시적 감수성의 바탕을 갖지 않으면 화려한 의상을 걸칠 수 없는 이유가 조화의 미에 있을 것이다.

사과 한 그루
가슴에 심어놓고
그대를 찾아 나선다

속살을 헤집으며
쓸쓸하고도 달콤한 그대를

그대에게 가는 길은
언제나 밝은 햇살
그리고 달빛 하나

밤낮으로 향기 모아
굵고 단단한 살점으로
입안 가득 고인
그리움으로
그대를 유혹하려
이 밤도 꿈을 꾼다

<가을>

　　중심 시어詩語는 '유혹'에 모아진다. 그 유혹을 달성하려
고 '사과 한 그루'를 '그대의 가슴에 심어 놓고' 찾아나서는
길도 신선하다. 물론 그 맛은 때로 씁쓸하고 또 달콤할 때
도 있을 것이란 유추가 인간을 대입함으로써 이해의 도度
를 높인다. 아울러 '밝은 햇살'과 '달빛 하나'의 빛을 결합하
여 '향기를 품으면서 그대를 '유혹'하는 재치로 사랑의 농
도가 얼마나 깊은 이미지로 작동하는 가를 느끼게 한다. 이
시의 재치는 '입안 가득 고인/그리움'에서 의미의 정점을
찍으면서 '유혹'에서 전환의 신선미를 느끼게 하는 감각성
이 장경희의 시적 문법이 된다.

4. 순수의 함량

순수라는 말에는 깨끗함이나 아름다움이라는 어의가 담겨있어 친근미로 다가든다. 물론 모든 시는 그런 추구에 발벗고 나서는 임무가 시인들의 마음이지만 정작 시로 표현하는 일에 감동을 나눌 수 있는 정도는 희소하다. 누구나 쓸 수 있는 순수라는 말이면 하등에 가치로 승화할 수 없기 때문이다. 그러나 R.P.Warren의 Pure and Impure Poetry에서 시는 순수한 것으로 사상, 진리, 추상성, 정확성, 불쾌감, 구체성, 역설 등을 배제하고자 하지만 시를 구성하고 있는 요소는 생각한 것처럼 그렇게 순수한 것이 아니기 때문에 순수시가 되기는 어렵다고 말했다. 즉 시는 청각적인 자극의 음악성과 시각적인 자극의 회화성을 중시하는 바, 율동성을 강조하는 말로 시작되었지만 이 또한 시의 이론 중 하나일 뿐 정확한 논리라고는 말할 수 없을 것이다. 다만 시는 순수한 감정이 갖는 내적 형태―랜섬의 경우가 두드러진다. 우리의 경우 정치나 이데올로기에 물들지 않는 시를 순수라 말했듯이 저마다 다른 말이 순수로 포장된다. 추사 김정희가 말한 것처럼 春風大雅能容物 秋水文章不染塵(봄바람 같이 크고 고운 마음은 만물을 용납하고, 가을 물처럼 맑은 문장은 티끌을 물들이지 않네)이 정확한 비유가 될 것 같다. 잡연雜然하지 않고 투명하고 담백한 맛을 연상하는 시를 칭하는 말로 한정하여 논리를 재촉한다.

언덕에 오르니
풍경이 나를 먹는다

보이는 곳마다 그리움
닿은 곳마다 고향

살랑거리는 코스모스
긴 목으로
가을을 부르고

애잔한 눈 속에
별이 빛나면

풍경은
바람처럼 흘러
다정한 등불을 켠다

<가을이 오는 길목>

매우 뛰어난 이미지의 구사일 뿐만 아니라 이미지 결합의 탄력과 의미의 팽창 또는 정서의 확장으로 볼 때 우수한 작품이다. 특히 '풍경이 나를 먹는다'에 이르면 풍경과 먹는다는 매우 이질적인 결합, 이런 결합은 시적 재능에서 나오는 표현이기 때문에 2연에 그리움과 고향이 정으로 엮어지고 코스모스와 가을이 투명한 이미지로 친근미를 부추긴다. 이 같은 정서의 결합은 '눈 속'과 '별'이 자연스런 순수로 이어지면서 풍경이 다정한 '등불'을 켤 때 따스한 정서가 투명함을 나타낸다. 다음 시도 순수한 시심을 보여주는 맛깔이 담겨있다.

티끌 같은 세상사
오선지에 그려 넣고
별빛으로 빛나게 한다 노래는
인생을 때로는 삶을
꿈틀거리며 깨어나게도 하고
절망을 뚫고 꿈꾸게도 한다
구름 흘러가듯
잊어버리고 싶은 기억들
눈물에 실어 보내기도 하고
젖은 걸음마다

은빛 방울로 수놓기도 한다 노래는

노을빛 그리움

가슴에 그려놓고

눈동자엔 별 하나

보석처럼 빛나게 한다

<노래는>

　한이 깊은 세상사를 살아가는 일 중에 노래는 시름을 잊게 하고 내일에 언덕을 넘어가는 에너지를 수급하는 가락— 빛나게 하는 별이기도 하고 또는 삶을 깨어나게도 하면서 꿈을 연결해주는 가교로 작동되는가 하면 눈물이나 아픔을 수놓은 아름다움의 별 하나의 변이變移에 속성을 투여하는 일—그리움을 키우는 마음속에 보석으로 빛나는 풍경화—가슴에 남아있는 그리움과 교묘한 대조를 이루면서 시의 진행에 압박감을 느끼게 한다. 그러나 좋은 시는 마음에 부담이 없을 때라야 시원함을 가질 수 있다면 장경희의 <노래는> 넉넉한 가락과 비유의 적절성에서 투명하고도 순수함을 그리는 화가의 손끝에서 미감美感이 일렁인다.

5. 나르시스의 초상화

자기는 자기를 대상화로 바라보기에 힘겹다. 다시 말해서 자기를 정확하게 분석하고 해석하는 길은 멀고 지난至難할 것이다. 왜냐하면 자기라는 중심을 파악하기엔 너무 가깝기 때문에 객관화의 방도가 힘들다는 뜻이다. 나르시스의 경우처럼 자기애란 결국 비극적 도취陶醉가 아니면 자기를 알지 못하는 함정에서 헤어 나오지 못하는 바보상자에 갇히는 경우가 될 수도 있다.

나는 곧 우주의 중심이고 이 중심을 깨달을 때 자기책임의 무게를 감당하게 된다면 나는 곧 우주 자체라는 인식으로 확장하게 된다. 자기애의 문제는 언제나 냉철한 깨달음을 전제로 할 때만 주체적인 의식이 곧게 설 수 있을 것이라는 뜻이다. 내가 없으면 대상의 모두가 무의미하기 때문이다. 시인마다 다를 것이지만 자기를 알고 타인의 세계에 관심을 갖는 일은 조화로운 삶의 길이 확보된 의미에 이를 것이다. 이는 장경희의 시에서 깨어 있는 상태의 호흡을 암시한다. 인용으로 접근한다.

고맙다고
사랑한다고

말한다. 너에게

씩씩하게 걷고 있는
발에게
무엇이나 만질 수 있는
손에게
한 번도 한 적 없는 말

건강하게 잘 지내주어
참으로 잘 견뎌주어 그리고
늘 미소를 잊지 않아
더더욱

헬스장 거울 안쪽
아직도 싱그런
그녀에게 말한다

<너에게 말한다>

시적 화자가 너 혹은 대상으로 지칭된다. 다시 말해서 나
를 너로 환치하여 거울 속에 존재로 대화를 시작하는 셈이
다. 나의 타자화라는 점에서 새로운 자아의 발견을 위한 모

색일 것 같다. 이 경우 거울은 나를 찾아볼 수 있는 유일의 통과 문門이 된다. 물론 거울이라는 대상도 투명하게 믿음을 줄 수 있을 것인가는 개인의 의식의 문제가 개입될 여지는 있다. 그러나 장경희는 '너에게＝거울'에 고맙다는 말을 전달한다. 발과 손을 볼 수 있고 또 신체의 모습에 건강이라는 수식어가 더없이 반가운 것은 여전히 건강이 싱그럼으로 느껴지는 인식에서 자아를 발견하는 발성이기 때문이다. 자기 찾기는 곧 자화상을 발견하고 거기서 지금까지의 인식에 새로움을 더하는 것이 나를 발견하는 결과물일 때, 삶의 문제가 위안을 받는 것으로 치부된다. 객관에서 주관을 바로 보는 일이 거울이라는 매개체를 통해 새로움을 찾아내는 일은 얼마나 자위의 목록일 것인가는 싱그럼이 우회적으로 발언을 대신하고 있다.

나를 찾는 일은 나그네의 행보이면서 이 걸음은 평생을 방황하면서 정립하는 숙제요 해답의 일환일 것이다. 그러나 설혹 해답을 득의得意롭게 얻었다 해서 만족으로 주저앉아서는 안 된다. 변화 속에 살고 수시로 변화하는 것이 삶의 중심이고 이 중심을 통과하는 일은 타인과 나와의 관계가 일정한 것이 아니기 때문이다. 이점이 항상 긴장하고 두리번거리면서 살아야 하는 이유가 된다.

인생길
안개 보이거든 눈을 감으라
내 안의 나를 찾는 일 또한 그러하리니

<무제>에서

  삶의 길을 인생길이라 짧게 말한다. 사는 일은 숙명이요 선택의 항목이 아니라 필연으로 받아들여야 하는 필수의 과목이기에 어떤 여지를 용납하지 않는 빼곡한 숙제요 주제일 것이다. 이 인생을 어떻게 살아야 하는가는 보편적인 명제요 이로부터 자기의 개성은 독특하거나 유별난 삶의 도정이 이어지게 된다. 장삼이사張三李四의 생이라면 거기엔 묻혀 가는 혹은 따라가는 타인의 발자국에 담기는 역할이 고작이기 때문에 나만의 삶의 길을 확보하는 일이야 말로 개성을 나타내는 지름길이 될 수 있다는 뜻이다. 인생은 안개와 같다는 비유가 정답이라면 그 안개 속에서 정답의 길을 찾고 나아갈 수 있을 때, 돌아보는 일생은 의미로 채색된다고 할 수 있다. 대부분의 인간은 방황 혹은 헤매는 일로 소비하는 경향이 대부분이고 올바로 항구에 입항하고 만족으로 내리는 손님은 희소할 것이다. 그러나 내가 안개 속에 들어있음을 자각한 사람은 그 안개를 벗어나는 길을 찾게 되는 것이 삶이다. 왜냐하면 방황이란 곧 길을 찾아 나서기 위한 지혜의 발동이 시작하기 때문이다. 이런 견지에서 장경희의 시적 모티브는 방황의 무대에서 그곳을 벗어나는 시나리오를 충실하게 써나가는 길이 보이는 것 같은 생각으로 걸음을 옮기는 시심이 된다.

6. 시적 매개의 역할

시인마다 자기의 시에 상표가 있기 마련이다. 이는 개성을 나타내는 시어일 수도 있고 또 자기시의 독특성을 구현하는 방법으로 선택된 이미지일 수도 있다. 어느 것이든 시와 시인과의 개성이 밀착하는 경우가 되어야하고 이런 실현을 위해 시인은 시적 장치를 동원하는 길을 만들게 된다.

장경희는 비와 바람이 그런 임무를 수행하는 역할을 하고 있다.

그대는
숲속에서 나를 부른다 그리곤
은은한 나무 향을 물고 와서
살랑거리며 입맞춤한다
들길을 건너는 그대는

마알간 눈빛으로
사랑을 속삭이며 다가온다

<바람이라 부르는 그대> 중

바람이 그대와 미지의 대상사이에서 중간의 역할을 수
행하면서 향을 전달하는 역할이 사랑이라는 목표에 도달
하는 매신저로서의 충실함이 드러난다. 다시 말해서 사랑
을 직접 표현하는 대신 바람에 실려 향을 전달하면 그대는
반응하는 양상을 가질 때 바람의 역할은 시인의 마음을 담
는 기능이라는 뜻이다. 이는 들길을 거니는 그대가 '마알간
눈빛'으로 다가오는 반응이 곧 시인의 마음이기 때문이다.
이런 매체는 시인의 의도를 전달하는 직접의 기능과 간접
의 기능이 있지만 주로 사용하는 기법이 간접의 기법—낯
설게 하기라는 방법이 사용된다.

너만 있으면 되는 걸

지칠 줄 모르고 돈다

가슴에 맺힌 못 하나쯤은
어차피 보이지 않는 점

돌고 또 돌고

사랑에 취해버린
무아지경
바람개비

<바람개비 3>

바람이 직접 시심詩心을 대변하는 양상이다. 돌고 돌고
의 반복에서 의도가 사랑을 취하게 만들고 이내 무아지경
의 경지에서 자아동일성의 심리적인 경지로 들어간다. 다
시 말해서 무아경이라는 말에는 너도 없고 나도 없는 오로
지 동일성의 존재만이 나타나기 때문이다. 이의 직접 매개
체는 바람의 힘에 의지해 대상과 대상이 하나로 연결되는
가교의 역할이 곧 바람이 된다.

가면 갈수록 더
펼쳐지는 세상

한쪽을 채우고 돌아서면 이내
비워져 있는

어디만큼 가야 다다를 수 있을까
외면해도 늘 따라오는 바람은
등을 미는데

<해탈의 문을 찾아서> 중

해탈이라는 용어가 바람에 의지하는 인상을 준다. 왜냐
하면 바람이 채우고 비우고의 반복을 통해 사랑(해탈)의 목
적지에 다다를 수 있음을 암시하기 때문이다. 외면해도 따
라오는 바람의 역할은 장경희에게서는 필연적인 관계로 설
정되었다. 이는 무아경의 경지와 같이 나도 없고 너도 없는
사이로 발전되었기에 자아동일성은 곧 자타동일성의 새로
운 영지로 나아가는 발걸음이 되기 때문이다. 완벽한 시의
경지는 여기서 감동의 물살을 대동하고 다가올 수 있을 것
이다.
    이런 작용을 하는 또 다른 이름은 물이 되지만 장경희의
시에 물은 비교적 바람보다 회소한 느낌을 준다.

7. 비움 혹은 채움

공空과 색色은 윤회의 바퀴에서 서로 상보적인 연결고리

를 갖고 진행한다. 있음은 없는 것이고 없는 것은 곧 있음
이고의 반복에서 우주는 모든 존재의 숨소리를 들려준다.
다시 말해서 있고 없다는 말조차 불필요한 정점에서야 비
로소 운행의 질서가 나타나고 여기서 보이는 것과 안 보이
는 것의 연결이 성립되면서 다시 있고 없음의 무료화에 도
달한다.

시는 철학을 만든다. 말을 바꾸면 철학이 시를 포함했을
때 영역이 넓어지고 철학이 보다 부드러운 표정을 만들게
된다. 그러나 시인은 철학을 담으려는 의도를 갖고 있지 않
지만 표현 속에 철학이 수용되면 그 시는 보다 깊은 무게를
갖고 힘을 갖는다. 여기서 시와 철학은 서로 상보적인 입장
일 때 균형을 갖출 수 있을 것이다. 불립문자不立文字를 뛰
어 넘을 수 있는─침묵을 뛰어넘는 넓이의 표현이 비로소
시에 가능한 이유일 것이다.

집을 벗어버리고 서야
무지개가 있다는 걸 알았다

<인생 2>에서

집안에서는 무지개를 볼 수 없다. 밖으로 나와야 비로소
무지개의 찬란함을 관찰 할 수 있고 또 아름다움과 한데 어

울릴 수 있다는 뜻이다. 말을 바꾸면 집안에서는 자기를 확인하는 방법이 없지만 외부로 나오는 순간 자아와 타아는 하나로 결합되는 방법을 연구하게 된다. 왜냐하면 보이는 것의 실상은 외부에서 비교하고 느낄 수 있기 때문이다. 무지개라는 가치를 알기위해서는 '집을 버리고서야'의 의미가 집안에 있던 나의 의식을 더욱 공고히 하는 이미지와 결합하는 화학적 반응의 예—물질과 물질이 결합하면 전혀 다른 물질로 변하는—처럼 시 또한 그런 정신작용을 의미한다.

    비운다는 것은
    다 갖는 것인가 보다

                                    <비움>에서

　　노자는 어둠을 빛의 근원으로 생각했다. 어둠에서 낮이 나오고 낮에서 다시 어둠으로 귀환하는 순환의 이법은 곧 동양철학의 근간이 될 것이다. 비어있기에 채움이 있다는 예—마차의 바퀴살은 비어있기에 무거운 짐을 실을 수 있고, 교실은 비어 있기에 채움의 학생이 있을 수 있고, 빈 방의 공간은 사랑을 채우는 가족의 공간이 되는 것처럼 비어 있음은 곧 채움이고 이 채움은 사랑이라는 이미지가 가득

해지는 이치와 같다. 시를 쓰는 일은 이런 이치와 매우 유사할 것이다.

8. 돌아보는 길에서

시인은 언어를 함축하여 더 많은 이야기를 담는 기술자일 것이다. 이점은 경제학의 원리에 적용할 수도 있고 철학에 원용할 수도 있기에 시에의 가치가 있는 법이다. 단순한 언어의 조합이 아니고 사상을 내포할 수 있는 경제적인 언어 운용의 가치는 곧 시의 절대요소로 이해된다.

장경희의 시는 항상 희망 변증법에 충실하다. 이는 인간이 살아가는 원리가 단순하듯 그의 시의 줄기는 항상 아픔에서 희망을 그리는 화가의 모습인 듯하다.

시적 감각은 언어의 무게를 이해하는 바, 에스프리나 감각적인 표현은 시의 위의威儀에 가감 없는 진솔성에서 나오는 것 같다. 예를 들면 벌거벗은 임금님을 질타한 것은 굽실거리는 신하들이 아니라, 어린애의 진솔한 발성이 곧 시인의 모습이어야 하는 이유이기도 하다.

순수를 찾는 일은 시의 영원한 임무일 것이다. 가장 기초적이고 가장 보편적이지만 이를 언어로 포착하는 일은 가장 지난至難한 일이다. 시어에 다소의 흠결이 없는 것은 아니지만 비교적 순수의 의상이 돋보이는 것은 시의 맛을 돋우는 역할을 하는 것 같다.

나를 알고 비로소 길이 시작될 것이라면 나르시스의 운명은 시인의 멍에이자 숙명이라면 순치馴致의 자세가 옳은 것처럼 보이는 장경희의 태도이다.

바람에 의해 의식을 전달하는 메신저의 역할이 보이는 것은 앞으로 시의 진로에 암시가 되는 진전일 것 같다. 이는 비움과 채움의 숙제가 앞으로 다가오는 시적 진로와 무관할 것이라는 예상이 즐거움을 주는 이유이기도 하다.

희망 하나

초판 1쇄 인쇄일	2013년 4월 25일
초판 1쇄 발행일	2013년 4월 26일

지은이	장경희
펴낸이	정구형
출판이사	김성달
편집이사	박지연
책임편집	신수빈
편집/디자인	정유진 윤지영
마케팅	정찬용 권준기
영업관리	한미애 심소영 김소연
인쇄처	월드문화사
펴낸곳	새미

등록일 2005 03 14 제25100−2009−8호
서울시 강동구 성내동 447−11 현영빌딩 2층
Tel 442−4623 Fax 442−4625
www.kookhak.co.kr
kookhak2001@hanmail.net

ISBN	978-89-5628-616-7 *03800
가격	9,000원

* 저자와의 협의하에 인지는 생략합니다.
  새미는 국학자료원 의 자회사입니다.
  잘못된 책은 구입하신 곳에서 교환하여 드립니다.